水のために咲く花

宮川聖子
Seiko Miyagawa

書肆侃侃房

水のために咲く花＊目次

装画　いわがみ綾子

水のために咲く花

父の声

水水水太陽チューブが持っていく割れた大地にコップの雨を

声のする処置室の前のカーテンの下にうごめくゴムのスリッパ

水銀のとくとく下がるきらめきに伝えくる身の叫びが映る

父は幼いころから腎臓を病んでいた。晩年は人工透析をし、入退院を繰り返した。

病室が違えば鳩は違う名で呼ばれ違った一日過ごす

まだ笑うディズニーランドの菓子缶にどんどん増える書けないペン先

病室の天井並んで見た夜の闇を囲んだ新緑の木々

春雷の伝わる空気に揺れながら煙の父は消えてしまった

枕には郵便受けあり父からの白紙の電報届く夜毎に

済むはずの一粒通さぬ砂時計ひっくり返してひっくり返して

フォーマットされてはいないからだにはなにも書きこめないことを知る

搾り出す歯磨き粉さえあなたです。繋いだままにしておくつもり

こだまするゆめのなかへがきょうはくのうたにきこえるきみを失くして

青き種子たち

炭酸の泡の静まる時を待て甘ったるいとすぐ解かるから

ワンスモア同じではないワンスモア薄まるしかない二回目の茶葉

ティーバッグの二つの糸を持ち上げてどちらも可にする濃いの薄いの

待ち合いの一方を向く顔顔顔産みます産みたい産めぬが座る

愛し合うことが作るということになって終わりに逆立ちをする

枝選ぶ手もと見つめる日もあれば遠き白雲追いかける日も

産みたいと産みたくないはひとくくり少子化要因にわれも入りたり

焦点は遠くも近くもない位置だ波が生まれるところが見えない

いつまでも続けることはできるけどカチカチボールの上下上下
@@@@@@@となるまで散布する人差し指が白くなるまで
落陽の部屋にこの日も箱があり開ければひとつまた箱がある

湯面から膝小僧が顔を出す虹追い人の寂しさ二つ

予定日はとうに過ぎたり今日もまた額紫陽花を蝶と間違う

「二人でも家族なりけり」立て札に書かれてあった不妊の頂上

平和です。 静かな闇の中にある空中ブランコに座る夢

海岸の小鳥は歌うかつて見たみどりの記憶とこもれびのゆめ

今を摘み今を束ねるてのひらの野に蒔かれゆく青き種子たち

cell

まを押せば出てくる友の名前です。消せない名前は消えた人です。

この世にはいない日語る口もとがアップルグリーンの果実を砕く

乾きつつ滴る時間永遠はどこにもないと声が聞こえた
冬ごもる裸の指に冷水を差し出すように告げるさよなら
手を開けば風を選んだ灰である意味などないとあとかたもなく

耳にいる住人からの声を聞く携帯電源切る真昼間に

年月の数の効力聞かせてよネェセイチャンケーキタベイコ

やがてやがてしようがないと四角なる部屋にあなたを仕舞い込んだり

やがてやがて聞こえる声は遠のいて遺品のあなたを手にしなくなり

オールのないボートと気づくこの画面あなたが鳥と思えた朝に

湖水には朝霧立ちて握る石置けばたちまち水面は凍る

枯葉でも燃やせば熱をくれるのに灰ひとつないクリックのあと

朝霜にやっと浮き出る葉脈よ足りないものはあと何ですか

湖底へと奪われてゆく言の葉のあなたを未だに見つけられない

決められたことはあなたがえいえんにそこにいないということだから

水風船

ウィンカーのカチカチという方角は行きたい場所とは限らないよね

不意に壁不意に闇あり不意に谷不意に底ありこころこころに

いつの間にか蛇口を落ちる光さえ待てないわたしになってしまって

ほんとうは吊り上げられたくないのです水風船のゆらめきの先

夕焼けの搾り出したるオレンジを飲み干すばかりの遠い欄干

いつかいつか骨折したるモカちゃんの手にさえすがるわたしになるから

もう立ってお皿を片付けましょうと言うパセリに変わるわたしであるから

すれ違う人にあなたを見つけたらブーツは脱がないままで寝ましょう

何回もダイヤルしてはやり直す夢の歩道に無数の電話

もうこれでだいじょうぶだといわれたい空たかくなりあなたは秋です

タオルケット

HEROES？　心を読める能力を持つと思える君はうそつき

HEROES？　もうひとりいるわたくしのささやく声は正確すぎる

ＨＥＲＯＥＳ？　またも十歳青空をほしいと思ったままで上向く

新緑は陽の何を得て深緑になるのかまたも誕生日です

境目のない空と海の間なら握手をしてもいいいって思う

金網は遠く離れて見てみればないのと同じあれもカオナシ

カーテンを両手で一気に開け放つ人に光の影は見えない

押入れのあのアルバムのあの頁あの右隅の空を忘れた

缶開く夢にはついてくるのですギザギザの歯を伝うシロップ

まだなにか期待してもいいですか雲雀は空と乱反射する

つぶされて平らになりし乳房見ゆ　おまえはなんのためにあるのか

飛べぬことただそれだけで記憶までいらぬというか空にいた日の

お昼寝のタオルケットの匂いする母という名に巻かれて寝たい

もう不意の言葉に傷つくことはないテトラポッドのひとつになれば

奏でてる協奏曲は終わりなく海猫にその楽譜を渡す

炭酸の抜けたラムネを振り続け防波堤の端まで来たの

縞模様美しきかな帰り道拾った石は抽斗にある

日輪

飛躍する＝確保する　維持する＝放置する　愛す＝殺す　二十一世紀

ミサイルは何発目なの？　トレーにはサラダをのせる順番待ちで

夜明けにはオーガニックに声発す薬のきれた少女の叫び

ひきこもる部屋と路上はつながって砂の嵐にまみれています

逃走の果てに行き場のある逃走か光に捕まるまでの一刻

冷やしたらまとまりにくいチョコのようドロドロ溶ける熱はあるのに

ホチキスのスカスカ音を聞きました整理できない昨日も明日も

書き損じばかりの紙をかきまわすそこには光最初の光

交差した言葉は不意にぶつかって床に散らばるコピー用紙だ

ＦＡＸの通信履歴にアフリカのサバンナありて今日も就寝

連続し窓に激突する蜻蛉死にはしないと知っているのね

くもの巣に身をかわす蝶それよりも風になろうか風になろうか

柱時計ねじ巻きすぎた真夜中に地震が来ると予言者の言う

机上にはオレンジひとつ手つかずの日輪として闇を照らせり

さみどりの羽根

グレナデンソーダに遊ぶ炭酸がおさまるまでの恋する時間

火を止めたままはじけないポップコーンいっつもいっつも勇気がないのさ

グラウンド端の蛇口に初夏のひかり一滴落ちる間に間に

夏すべて壊れものなり指先に切子の波は鋭く立ちて

花首を曲げつつ上向くヒマワリよやっぱりひかりはいいものですか

澄んだ目のナイフ鋭く切れたのを後で知るほど鈍いこの指

真夏日の渡り廊下にモノクロの葉っぱの君は置かれたままで

青きその眼差しにさえ嘘をつき絵の具バケツに飛び込むわたし

野葡萄は食べられぬ実を連ねては熟す意味など問うなと夕暮れ

立つ人のいない白線続きおり無人駅にはベンチとわたし

がらんどうざわめきはただ耳鳴りの終わりに少し聞こえたのかも

今呼べば応えるだろうさみどりのやわらかき羽根に触れられなかった

せいちゃん

拳からゼムクリップあふれ出る失ったのは原画のわたし

肩に顎をのせていっしょに本を読む　依存はここまで来ているのです

いっしょにいっしょにギア入れ替える手に手をのせて海見えるまで

騒々しい翼の音に疲れます離脱できない湖面の素足

朝食のランチョンマットの刺繍線たどるこの日も白地図だろう

金魚鉢倒れて跳ねる勢いは乱反射するひかりまぶしい

幼子の歩幅に合わせ上る坂ゆるり傾斜をたのしみながら

さみしいと聞かれてすぐにさみしいと言えないわたしを試す児のあり

せいちゃんの子どもになりたいっていう君よなりたいってすぐママになれない

せいちゃんはそのままでいいと笑ったねそのままってずっとこのまま

せいちゃんってさみしんだねって幼子は覗きこむなりそうさみしいよ

幼子にタメ口で芯に触れられるわたしはこれを待っていたんだ

覗きこむ箱庭の屋根から飛んでくるシャボン玉が消える目の前

生まれ来ぬわが子よあなたがいたのならわたしが何かわかったものを

雲の行方

飛んでいくチャプターひとつ選ぶならベッドで聴いた雨音の朝

新緑を邪魔だと思うそれほどに雲の行方を知りたい日もあり

芯残すキャベツ巻くとき反発は譲ればよかった喧嘩のようで

紫陽花の昨日の雨のその空の向こうに飛ばす赤い風船

○か×以外の答え探す日の鞄の傘は重たすぎます

カテゴリに「自分」と設定しています（0）だと確認してから×閉じる

答えなら自ずとそこにあるのだろうマイクロトマトはやはりトマトで

喜びを表現しきれぬ子のような日陰の薄きギボウシの花

陽炎に散水車行く向こう側見たいと思うわたしの真夏

夢の中歩いて探す手鏡のない国そして水のある国

奥行きのない棚を持つ自分なら出っ張るお皿を更にのせたり

携帯をカンに見立てて蹴っ飛ばすみんなの居場所を探してごめん

空耳の歓声ぐるり見回せばスタンドにある空席ふたつ

そのすべて聞きたいこととその半分聞きたいことを仕分けする夜

そのどっちも選べるときの手のひらにつかめる真夏があるのだろうか

フォトグラフ

父という人の背表紙羅列する本棚の端に光あてる日

母という人のじゃがいもぽてサラダ最後の晩餐に選ぶのでしょう

ポケットにふにゃふにゃのガム何枚も思い出の国で噛みしめている

押入れの習字道具に挿まれる母という字の乾いた滲み

お父さん、手、ぶらんぶらんして、お母さん、手、テレビ塔だね、ぶらんぶらん

空にはねそのときにしかない雲のかたちがあるの見上げてごらん

蒸散を続けるわたしの一日にアメをください甘ったるいアメ

太陽の塔の前です写真にはでかでかひとりのわたしが写る

躍らせるリュックの中で片寄って△じゃない母のおにぎり

放課後の校舎の窓に落ちていく夕日に生きる人体模型

振りかえる長い廊下の奥にあるみかんの網に残った石鹸

開けられずそのまま忘れられている「りぼん」のふろくのような伝言

アメリカンクラッカーごろごろごろごろとねじれてころがる快速電車

それはもう

真空にしつつ膨らむ心ならわたしはすでにいっぱいだろう

残酷なやすらぎも好きみかんみかん待つための色は何色にもなる

いちいちおどろきたくないのたとえば星が光っていても
沈むまでひらひら揺れる小石のよう知ってはいても空がいい　投げて
それはもう百年分の呼吸だと加湿器の言う立方体で

いつかとは雪雲よりも近すぎて遠くて見えないプラネタリウム

ひと思いに散りながら咲く花嵐空の色さえ蟻は知らない

飛びあがりコンクリートに殴り書く光　雲雀は鋭く消えた

老人はそのままそのままと諭すだけ川面に小鹿の瞳映れば

ベリーベリー雲にも滲むたそがれに放り投げては拾う夢の巣

やさしさを無言に包み渡す手の把握のかたちは永遠である

青空の足りない文にそっと傘持たせてくれるメールの返信

ピクルスは必ず外すハンバーガー　ピクルス２枚のハンバーガー　はい

やさしさがやさしさとしてやさしくて怖すぎるからからからんでもいい？

変化しているいないなどどうでもいい並んで空に立つ杉木立

動いたら額から落ちてしまうから止まって寄り添うアフリカの象

いっしゅんとえいえんのそのあわいには名前をどれだけ呼べばいいのか

ウォーターダンス

いいよいいよ残り鳴らしてコリンコリン錠剤瓶に聞く間をあげる

もはや手にのる淡雪のやさしさであなたは言葉を選ぶのでしょう

さみしいって声わからない出る理由もない檻齧るウサギの叫び

ほんとうって嘘わからない背中には羽見せられて手を振った日の

えいえんって場所わからないその場所を知ってる人に会う機会なく

さらにさらにペダルをこげば同じ日の同じ浜辺に行けるのかしら

かばい合い照らし合いああメビウスのテープを走る両手広げて

ホカロンをポッケに見つけた手のようにあなたに甘えていいのでしょうか

バシャバシャと洗うしかない大好きなあなたの絵の具で濁るわたしを
足だけが冷たい夜の愛しさはウォーターダンスのしぶきの中に

ゼロから

あの夏の日記のわたしはまだ髪を耳にかけたりしていたのです

リセットの間隔狭くなっていく七秒前のすべてに上書き

拡散はＴＬ《タイムライン》の日常を落下させゆくおやありおはあり＊

＊ツイッターなどから発生した短いテキストで伝える言葉（おやすみ＋ありがとう・おはよう＋ありがとう）

ゆるいねと言われてしまう古本に差し込む西日の痛みのように

失うと手離すの違い硬くなるビニールバッグ剝がして思う

新しいノートを開く折り目など気にしない人になりたいんです

アスファルトにべちゃっと割れた水風船それでもかたちは太陽だった

愛なんて気味の悪い言葉だね中3女子はタオルを噛んで

愛してるに代用できるその言葉「忘れない、でしょ」タオル離さず

夢のあと泣いてる人は幸せと消しゴム見つめ教えてくれた

ゼロからというううれしさを語るときノートにこんなにそれがあること

膝下を湖面につけて鳥を待つ机の悲しみ知らぬ先生

マフラーの網目に残る吐息だけ記憶している表情がある

ジャングルジム

天井に手紙見つけるあなたから青いインクを分けてもらえば

不妊治療真っ盛りなる後輩に給水場所で渡したコップ

ファイバーはするりと鼻を通りゆき耳鼻科の春を過ごすわたしは

麩まんじゅうぷよぷよふわふわ泣けてくる春はやさしくなくてはならぬ

園帽を取っておでこの汗をふーっ！　その顔見れば確かめられる？

一直線両手に飛び込むスピードを感じる胸で確かめられる？

あきらめのつく関係と人は言うあきらめてまたあきらめるのか

水槽の海の生き物コーナーで泡を見送る貝のわたしは

そこだけに降る雨を知る人だから日傘に一緒に入っていいよ

スコップがおいしそうな砂ごはん盛る木陰にも地雷はあって

どうしても動かなかったシーソーがかたんと音をたててめり込む

反対に登って降りる滑り台足だけを見て足だけを見て

出ているか入っているかわからないジャングルジムの真ん中にいる

ブラウザに遠くの雨を呼びながらブランコ止まるわたしの公園

ゆうくり

砂時計ひっくり返すことのない人の時間はきれいすぎます

選択肢なき患者いてマニュアルのまま平らにて生きていくこと

点滴をはずしましょううれしくもかなしくもあるその選択肢

まもなくの雪片に聞く溶けるなら地面・頬骨のどちらがいいか

アンニュイな女の子に聞く遊びならナイフ・顆粒のどちらがいいか

窓際のコオロギに聞く落ちるなら階段・悪夢のどちらがいいか

彷徨える老人に聞く愛でるなら三日月・白夜のどちらがいいか

探しては脱ぎ捨ててゆくくたくたの倒れたブーツのようなため息

ささくれにクリーム浸透させるため亀梨和也にキャーキャー言う日

消しゴムに聞いてはみます消しカスの行方を気にしたことはあるかと

大杉に聞いてはみます倒されたあとに年輪を見てほしいかと

ひぐらしに聞いてはみますその声は有余を知った喜びなのかと

爆弾のカウントダウンへ導線と化してわたしも刻み進めり

ゆうくりとすすめよすすめすすむしかないのならそうゆうくりゆうくり

昭和ファンタスティック

わぁっすれられないのぉ~ピンキー*の山高帽にかかる指先

*ピンキーとキラーズのボーカル今陽子のニックネーム。山高帽とパンタロンスーツで颯爽と歌いミリオンセラーに。

十円を入れた子ブタの貯金箱割れば泡立つ紙せっけんあり

ビーカーをからころ回す男子たち末は博士と信じてました

家具調のテレビチャンネルガチャガチャと回してみれば夢が出てきた

解らずに歌えばいいさ栓抜きをマイクに「ブルー・ライト・ヨコハマ*」

*いしだあゆみのヒット曲。これを大声で熱唱する昭和の子どもに罪はない。

バービー*のヌード倒れるおもちゃ箱見下ろす素足少し冷たい

＊「フォーリンラブ」のバービーではなく、日本製リカちゃんに圧されて去っていったアメリカ製の人形。

両極に振れるわたしに困るからメルモのキャンディー*分けてください

＊手塚治虫の漫画「ふしぎなメルモ」で主人公のメルモが天国の母親からもらったキャンディー。赤いキャンディーと青いキャンディーを食べ分けて大人になったり赤ちゃんになったり様々なものになり成長していく物語。

リカちゃんも父さんもいない正露丸開けた匂いの恋しい夜に

もう一度もう一度って抽斗のニャロメ*の折り紙両手でアイロン

*赤塚不二夫の作品に登場する猫。人間よりも人間らしく不屈の精神を持つキャラクター。

亜土ちゃん*の下敷き扇ぐゆらゆらと這い出す鉛筆文字のわたしは

*水森亜土の描くイラストのこと。一九七〇年代、NHKの番組内で透明なアクリルボードに両手で描くパフォーマンスをして本人もイラストも大人気となった。

しげちゃんがせいちゃんと呼ぶ空き地から綿毛飛ぶのを見届ける膝

飛び出した笠谷幸生*の着地見て毎夜布団にダイブする兄

＊一九七二年の札幌冬季五輪七十メートル級ジャンプの金メダリスト。足を開かず気をつけの姿勢のまま飛び出すスタイルで日の丸飛行隊と呼ばれた。

大人たち食い入るように今を見てあさまに*カンカン五輪にランラン

＊浅間山荘事件。大きな鉄球で山荘を崩す作戦に日本中がくぎ付けとなり視聴率90%。

美しく窒息しつつ咲くのだと教える「愛の水中花*」ゆら

＊松坂慶子のバニーガール姿を思い出すなら、あれも愛これも愛たぶん愛きっと愛だろう。

コンビーフ食らい天使は傷つくと教えてくれた木暮修*は

*ドラマ「傷だらけの天使」で萩原健一が食べるコンビーフと牛乳の朝食を試した人は多いだろう。

立派とはどういう意味か大混乱　恥ずかしながら帰って参りました*

*太平洋戦争グアム島残留日本兵横井庄一さんの帰国時の言葉から流行語になったもの。

「ベルばら*」のどっきりしちゃうキスシーンめくるページのめくるめく回

*男装の麗人オスカルの圧倒的な美しさに魅了された少女たちに池田理代子先生のどっきりは大成功!

ストローの紙を飛ばして物憂げに桃井かおり*の真似する友は

＊しらけ世代の無感動・無関心・無気力な大人の女性という括りでは当時断トツ。

インベーダー*しゅんしゅんしゅんいわす憧れの人残せないベータマックス**

＊ 一九七〇年代後半に登場した業務用コンピューターゲーム。喫茶店のテーブルにも設置され日本中がインベーダーに占拠された。
＊＊ソニーが販売していた家庭向けビデオテープレコーダ。ＶＨＳ方式との競争に敗れ平成十四年に生産停止となった。

ダッコちゃん*人形になる覚悟です空気抜けたらまた入れてよね

＊腕などに抱きつくように両手足が輪状になった一九六〇年に発売されたビニール人形。

ファンタからあふれる泡に蓋をする手のひらの圧ファンタスティック

「聖ちゃんのどこまでいいの」*「いいんです」時代にキューを出され戸惑う

＊萩本欽一の「欽ちゃんのどこまでやるの！」は茶の間と地続きのように見ていた高視聴率公開お笑い番組。

真夜中にママに内緒で手を伸ばす魅惑のカップＵＦＯどん兵衛

おどろおどろしい「ウルトラQ*」の渦巻きが抹茶ソフトに変換されて

*特撮番組ウルトラシリーズの第1作。歪んだ渦からタイトル文字が浮かび上がる映像と色と音響は気味悪く独特だった。

知らぬ間にカンカンランラン凶暴になって帰国の用意していて

大いなるベビーブームは廃れきり徘徊ブームが巻き起こって

振りむけば「小さな恋のメロディ*」のトロッコ行方知れずのままで

*一九七一年のイギリス映画。映画のエンディングでは十一歳のダニエルとメロディは大人たちを振り切り、トロッコに乗って線路のはるか向こうへと漕ぎ出して行った。

波紋

リツイート誰かに聞かす愛の歌あたかもあたかもあたかも愛で

つぶやけばだれかがたすけてくれるっておもわないけどおもうついつい

シェアシェアシェア何もかも分け与えられる覚悟がいるの

あっさりと浅い眠りの割れ目からさりさりこぼれる砂になりたい

うっかりと浮かぶ手紙を触るならかりかり書いた文字炙り出て

ぎっしりと岸にはりつく水草にじりじり足をわざと滑らす

手のひらに水の波紋をのせてみるこぼれたそうにこぼれないから

手のひらに朝の樹木をのせてみるさらさら鳴るのに離れないから

手のひらに馬鈴薯の芽をのせてみる毒でも生きると匂い立つから

手のひらに鍵盤一つのせてみる奏でた記憶なく沈むから

手のひらに真夏の点眼のせてみる幽かな青のかけら見るから

朝の底

薄もものそれはまぶたのようなのでその手招きを信じてみます

左手より右手冷たく半身のわたしはわたしを許していない

バラバラに散らばる歪なパーツならわたしのものです破片ですよね

手紙束まとめ続けてはりついた切れる間際の輪ゴムによろしく

消えないと教えてくれたはずでしょう届いた後の手紙の消印

帽子取りおでこに息を吹く母のぬるき愛情欲しくなる朝

たんぽぽの綿毛が車窓に流れ込むそれはあてなく行けという意味

この星のいちぶであろうかなしみはかなしみでありよろこびであり

この星のぜんぶであろうあいまいはあいまいでありめいかくであり

薄桜散り急ぐ日は花曇り空か花かを見紛うように

雨上がり虹待つ空に紡がれる光の綾のような言伝

爪を見たあの数秒がわたしにはあなたを覚えた永遠であり
ずいぶんととおいところまできたね轍のできない車椅子から
土にまで届きはしない雨があるもうそこまででいいのでしょう

葉に露の流るる深き朝の底水のためにに咲く花を見ていた

昨日の川

いくたびも画数を尋ねどちらにも合う名をつける透明な子に

たんぽぽや日を束ね走るくたくたになった花首気づきもせずに

ゆあみする白濁としたその中の半身に聞くどこへいくのか

荒海や産みたくはない人たちと少子化船で同室となる

五月雨を集めて加速してゆくは明日という名の昨日の川で

夏草や増えても終い枯野原除草剤を滲み込ます日々

目には青葉閃光きらめく脳内に歯車在りて動くわたしは

閑《しずか》さやかの人の声降るように電子音聞くＰＣ室で

秋深き明日は寒いとそれのみを伝えくる母はどこまでも母

ひらひらと空から手紙の切れ端の落ちてなくなる冬が来ました

かなかな

ゆっくりとわたしがこころを入れかえる入れかえたもののいれものはどこ

そういってしまえばそれでお終いといってしまえば始められるの

さしていま知りたいことはないけれど知ってしまっていいのだろうか

だいのじになってみている空よりも地めんのくさをきにするわたし

ゆるゆるのずぼんまわりに親ゆびをいれて笑ったかおがすきです

さらさらとけいの砂はようしゃなく落ちてもちゃばはそのままにする

どこからかきんもくせいはくすぐって脱いでわすれたくつ底おもう

あふれでることばを握るそのかげんかみこっぷもつふにゃふにゃに似て

おしいれのりかちゃんひょうじょうかえぬまま今がいつかをきくきですかと

きみとよむあしたのほんはとうめいでちいさなはっぱをはさんで閉じる

だれもみな独りなのだとわからせるべんちにすわることなどしない

あすなんて遠すぎるからはなしなどできはしないよいちびょうごでも

うやむやにすればいちばん易しいねふたりとはなにひとりとはなに

たいかしたわたしのはねをしんかだとあなたはかざす飛んでみようか

解説　そうさみしいよ

加藤治郎

病室の天井並んで見た夜の闇を囲んだ新緑の木々
春雷の伝わる空気に揺れながら煙の父は消えてしまった
枕には郵便受けあり父からの白紙の電報届く夜毎に
こだまするゆめのなかへがきょうはくのうたにきこえるきみを失くして

「父の声」から引いた。挽歌は静かに綴られる。ときおり感情が迸ることを止めることはできない。

或る夜、私は父の病室に泊まったのだ。父と並んで見た闇がある。付き添いのベッドは少し低いだろう。父の姿は見えない。二人で過ごす最後の夜かもしれない。何か静かに語りあったのかもしれない。いっしょに天井を見ている。闇だけでは寂しい。健やかな新緑の木々を思い浮かべる。私たちの闇は、木々に囲まれているのだ。それは遠い昔、父に連れられていった休日の記憶に繫がるのかもしれない。

父が旅立ったのは春雷の季節だった。煙になった父は揺れながら昇ってゆく。それまでは父の存在を想うことができた。煙が消えてしまったとき、父は回想の人になったのだろう。春雷の響きと煙の儚さが胸に沁みる。

玩具箱のような枕を想像する。中に郵便受けがあるのだ。この枕は父からの誕生日プレゼントのような感じである。手紙ではない。手紙のような悠長な時はない。父の時代では最速の電報である。しかし何も文字はない。もう父から言葉が届くことはない。でも、電報は夜毎に届くのだ。切ない歌である。

繰り返し、井上陽水「夢の中へ」が聴こえてくる。ゆめのなかへゆめのなかへ行けば父に会える。それはもう安らかなことではない。いつのまにか、父に会うのだ、父に会わなければならないという脅迫めいた歌に聴こえたのだ。

多彩な作品のある歌集であるが、冒頭に父の挽歌を収めた意味は小さくない。歌の出発点をそのまま提示したのである。

「二人でも家族なりけり」立て札に書かれてあった不妊の頂上　「青き種子たち」

手を開けば風を選んだ灰である意味などないとあとかたもなく　「cell」

せいちゃんの子どもになりたいっていう君よなりたいってすぐママになれない　「せいちゃん」

せいちゃんってさみしんだねって幼子は覗きこむなりそうさみしいよ　同

幼子に夕メ口で芯に触れられるわたしはこれを待っていたんだ　同

生まれ来ぬわが子よあなたがいたのならわたしが何かわかったものを　同

不妊の頂上とは、様々な治療の末に行き着いた場所という意味だろう。いくぶん古風な立て札があった。歳月が流れたのだ。多くの夫婦の思いが籠められている。「二人でも家族であった」という。その結論を受け入れるのだろうか。

灰を握っていたのだ。風に乗って飛散するほかに選択肢はあるだろうか。あるかもしれない。が、灰は風を選んだのである。自分の存在に意味などないと言い放ち、そのとおり、あとかたもなく消えたのである。

「せいちゃん」一連は、ほの明るい。いつも関わっている幼子が私に接近してくる。子どもになりたいってちょっと私を困らせる。でもそれはうれしいことなのかもしれない。なぜずばり、さみしさを言い当てられるのだろう。無垢な心で自分の芯に触れられることが願いだったのだ。それはわが子でなくてもできることだったのである。そして、子どもがいたら自分の存在がより深く分かっただろうにと思い至るのだ。

お父さん、手、ぶらんぶらんして、お母さん、手、テレビ塔だね、ぶらんぶらん
「フォトグラフ」

振りかえる長い廊下の奥にあるみかんの網に残った石鹸
同

ホカロンをポッケに見つけた手のようにあなたに甘えていいのでしょうか
「ウォーターダンス」

水槽の海の生き物コーナーで泡を見送る貝のわたしは
「ジャングルジム」

まもなくの雪片に聞く溶けるなら地面・頬骨のどちらがいいか
「ゆうくり」

消しゴムに聞いてはみます消しカスの行方を気にしたことはあるかと
同

この歌集は転調する。思いが吹っ切れたように言葉が軽やかになる。自在に歌われる。それは短

歌史で言うと、一九八〇年代半ばのライト・ヴァースを思わせる。人生という重い衣装を脱いで街に出ようという趣きである。個人の作歌歴において短歌史と似たような出来事が起こり得るのである。それは逃避ではない。不在の父、不在のわが子を歌い切ったからこそ自由になれたのではないだろうか。

手をぶらんぶらんしている父さんは、私の世代の父親像なのである。高度成長期のゆとりとユーモアのある父親たちなのだ。母はテレビ塔の真似をしているのだろうか。妙に仲のいい夫婦である。みかんの赤い網に小さくなった石鹸を入れて使う。そんなノスタルジックな事物を詩の鉱脈として探り当てている。ホカロンの歌はレトリック優位だ。私が貝になったり、雪片や消しゴムが語り出す自在感が楽しい。

わぁっすれられないのぉ～ピンキー*の山高帽にかかる指先

*ピンキーとキラーズのボーカル今陽子のニックネーム。山高帽とパンタロンスーツで颯爽と歌いミリオンセラーに。

バービー*のヌード倒れるおもちゃ箱見下ろす素足少し冷たい

*「フォーリンラブ」のバービーではなく、日本製リカちゃんに圧されて去っていったアメリカ製の人形。

飛び出した笠谷幸生*の着地見て毎夜布団にダイブする兄

*一九七二年の札幌冬季五輪七十メートル級ジャンプの金メダリスト。足を開かず気をつけの姿勢のまま飛び出すスタイルで日の丸飛行隊と呼ばれた。

知らぬ間にカンカンランラン凶暴になって帰国の用意していて

大いなるベビーブームは廃れきり徘徊ブームが巻き起こって

「昭和ファンタスティック」から歌を引いた。平成が終ろうとしている。こういう形で昭和を歌うことができるのは、おそらく最後だろう。祝祭感ばかりではない。バービー人形がヌードでおもちゃ箱にあるのは不穏だ。パンダが凶暴化しているのは祭りの後の怖ろしさである。高齢者の徘徊は、現在に続く問題である。批評のスパイスが効いている。

○

私の内面を探る歌から広く社会を捉える歌まで多彩な作品世界である。この歌集が多くの読者に出会うことを願っている。

二〇一九年一月三日

あとがき

短歌一首は、「時」を描く画のようだ。一枚また一枚と時間軸から抜き取るようにして、短歌はその時をその今に示してくれる。一枚一枚は微動だにしない。拙い絵筆の歪な画が目の前に陳列されていった。しかし、長い年月を経て、その中の濃く見える一枚一枚を集め、ひとつにまとめることができた。

動いている。指で送って眺めると、パラパラ漫画のように動き始めた。なめらかさなどなくぎこちない動きだったけれど、確かに進むかたちを見ることができた。遠い彼方にいってしまう昭和、終わっていく平成、そして次の時代へ……短歌は、流れているただ中にいることを教えてくれたと同時に、点在する一枚一枚は、すべてこの今に集約されることも教えてくれた。この手のひらの上にあるひとつの瞬間が、誰かの手の中でなにかを伝えるものであれば嬉しい。

これは途中だ。昨日の一枚は、明日の一枚は、今の一枚に連なる。

◇

父の病室で闘病記録の片隅に短歌を詠んだのが始まりでした。父の死、友の死、不妊の日々……。歩いてきた道に立ち戻ってしまうとき、これから歩く道を思い煩ってしまうとき、短歌はその今を生きるために必要不可欠なものでした。加藤治郎先生に出会い、二〇〇三年未来短歌会に入会させていただきました。現代短歌の世界は面白い。この「面白い」に救われ、魅了され、細々続けた十五年。「未来」に掲載していただいた歌の中から、三十代を詠んだものを中心に、懐かしい時代や変化に戸惑う現代を詠んだものなどを掲載順に収録しました。

この歌集は、わたし自身がこの人生でやっと生むことのできたものであり、今、熱い胸深く抱きしめています。ご多忙の中、不勉強なわたしをここまで導いてくださった加藤治郎先生に心より御礼を申し上げます。岡井隆先生をはじめ未来短歌会の皆様、そしてこの歌集を開いてくださったすべての方々に感謝を申し上げますとともに、短歌というものをそっと手渡していってくれた亡き父と気持ちの近くにいていつも微笑む風をくれる友だちや家族にもこの場を借りて感謝を伝えたいと思います。

本著にあっては、田島安江様、黒木留実様をはじめとした書肆侃侃房の皆様には丁寧なご配慮とお世話をいただきました。また、装画をお願いしたいわがみ綾子様のイラストは、歌集の世界をより膨らませてくれるイメージの画で宝物のように思っています。この歌集にお力添えいただきました皆様に深く感謝を申し上げます。

現代短歌のユニヴェール《宇宙》の中にこの歌集が存在していることへの喜びを胸に、広がる未知の面白さをこれからも体験できればと思っています。

二〇一九年一月

宮川聖子

■著者略歴

宮川聖子（みやがわ・せいこ）

岐阜県多治見市出身、在住。
金城学院大学文学部卒業。
2003年未来短歌会入会。
加藤治郎氏に師事。

ユニヴェール10

水のために咲く花

二〇一九年三月二十二日　第一刷発行

著　者　宮川聖子
発行者　田島安江
発行所　株式会社 書肆侃侃房（しょしかんかんぼう）
〒八一〇-〇〇四一
福岡市中央区大名二-八-十八-五〇一
TEL：〇九二-七三五-二八〇二
FAX：〇九二-七三五-二七九二
http://www.kankanbou.com info@kankanbou.com

監　修　加藤治郎
DTP　黒木留実（BEING）
印刷・製本　大村印刷株式会社

ISBN978-4-86385-356-0　C0092